Hannah Müller

John McLaessig

story.one – Life is a story

story.one

1st edition 2024

Production, design and conception:
story.one publishing - www.story.one
A brand of Storylution GmbH

Font set from Minion Pro, Lato and Merriweather.

ISBN: 978-3-7115-1206-2

Für Monika

INHALT

eins

Einsam saß John McLaessig in einer Bar, vor sich den unvermeidlichen allerletzten doppelten Scotch. Seine Stimmung war mal wieder am Tiefpunkt, es schien als hätte sich alles gegen ihn verschworen: kein Geld, kein Auto, keine Frau.

Neben ihm saß ein Pärchen und tauschte ziemlich intensiv Zärtlichkeiten aus – John war wirklich an einem Tiefpunkt angelangt.

Aus dem Lautsprecher sang eine, die es geschafft hatte wieder hochzukommen. John mochte diese Stimme: diese wilde, unbändige Kraft; diesen Ausdruck – sanft und animalisch zugleich.

Nach seinem dritten Scotch hatte er genug – genug von der Musik; genug von dem Stimmengewirr in dieser kleinen, schmuddeligen Bar, die schon fast seine zweite Heimat geworden war – Heimat? Hatte er denn überhaupt eine „Erste Heimat"? Er hatte genug von dem

Pärchen an seinem Tisch, das sich durch nichts in seiner Tätigkeit stören ließ. Er hatte genug davon, einsam zu sein.

Als er die Bar verlassen hatte hämmerte ein einziger Gedanke in seinem Gehirn: „Jeder Vollidiot hat eine Freundin!“ Nur er hatte keinen Menschen den er insgeheim lieben konnte, lieben durfte. John McLaessig war kein Mann, der seine Gefühle offen zeigte. Schon als Kind durfte er es nicht, und jetzt konnte er es nicht mehr. Dennoch nagten seine Gefühle an seinem Innersten – waren sie denn nicht sein Innerstes?

Es half nichts – seine letzte Zigarette mußte dran glauben. Eine seiner vielen Letzten. Der erste Zug schmerzte ihn, seine Lunge war auch schon mal in einem besseren Zustand gewesen. Wie er selbst auch schon angenehmere Zeiten erlebt hatte. Er war wirklich mal wieder an einem Tiefpunkt angelangt – an seinem unwiderruflich Letzten.

Unwillig sprang der Motor des Wagens an, den ein Bekannter ihm geliehen hatte. John mochte dieses Automobil nicht – eine Tatsache, die offenbar auf Gegenseitigkeit beruhte. Mit knirschendem Getriebe wuchtete John den Wagen aus der Parklücke, die sich seit seiner Ankunft merklich verengt hatte. Heute hatten wirklich alle etwas gegen ihn, dachte er.

Mit heulendem Motor donnerte er durch die nächtlichen Straßen dieser Stadt, mit der ihn eine Art Haß-Liebe verband. Er hatte beschlossen, daß dies seine letzte Nacht sein sollte.

Er kannte eine Stelle die für das, was er vorhatte, geradezu ideal war. Seine übermüdeten, gereizten Augen waren zu schmalen Schlitzen zusammengekniffen – links – immer der langen Straße entlang – Vorsicht, Radarfalle – sein Bekannter würde sich über das Strafmandat sicher freuen – wieso stottert dieser Scheiß-Motor schon wieder?

John ließ den Wagen, dieses verhaßte orange-rote Vehikel stehen wo er war. „Wenigstens tanken hätte er können" dachte John, als er sich zu Fuß auf den langen Heimweg machte. Nein, heute war er wirklich wieder an einem Tiefpunkt angelangt.

zwei

„Mal wieder“ dachte John McLaessig. Mal wieder stand er in diesem Lokal ohne zu wissen warum. Sein Schritt hatte ihn in eine andere als seine Stamm-Bar gelenkt. Eigentlich war es ja mehr eine Sache des Parkplatzes. John pflegte die Gewohnheit stets unmittelbar vor dem Lokal zu parken - eine Angewohnheit die ihn immer neue Lokalitäten kennenlernen ließ.

Er kannte dieses kleine Café schon länger, und wenn er auch schon einige Zeit nicht mehr hier gewesen war so verband ihn doch eine ganz spezielle Erinnerung mit dieser Institution der Wiener Szene - einer der vielen verschiedenen Szenen. Vor etwas weniger als einem Jahr hatte er hier einen Kampf zu bestehen - einen Kampf seiner Psyche gegen seine Physis. Einen Kampf, den seine Psyche verloren hatte. Die Folge - eine Fahrt ins Hospital - hing ihm noch jetzt nach. Nun ja, damals befand John sich an einem seiner berühmten Tiefpunkte - ganz im Gegensatz zu jetzt. Jetzt fühlte John sich in Hochform. Ja, er war sogar versucht zu denken, daß eine gewisse Euphorie sich seiner bemächtigt hatte - eine Euphorie, die er nur zu gut kannte. Eine Euphorie, die von einem Moment zum nächsten verschwinden konnte und ihn in einen endlosen Abgrund fallen ließ.

Sein unvermeidlicher Scotch stand noch immer unberührt vor ihm. Seine unruhigen Augen warfen hastige, suchende Blicke durch das Lokal: ja, richtig; er suchte mal wieder Kontakt. Speziell mit Frauen.

Eine Folge seiner Euphorie war ein unglaublich herb-maskulines Gefühl, das ihn dazu verleitete Humphrey Bogart als Softy anzusehen. John versuchte, einen extrem desinteressierten Gesichtsausdruck aufzusetzen - „Mist, wieder kein Spiegel in der Nähe“. Was solls, seine Coolness mußte einfach spürbar sein; sein unglaublich lässiger Habitus, der höchstens von dem feuchten Flecken auf seinem Hemd getrübt wurde, welcher verdächtig nach Scotch roch. Nun ja, schuld war - natürlich - ein Anderer.

Als John seinen inzwischen an einem unheimlich faszinierenden Aschenbecher hängen gebliebenen Blick wieder einmal seine Umgebung abtasten ließ bemerkte er, daß seine Coolness Wirkung gezeigt hatte - im Umkreis von zwei Metern stand kein einziges menschliches Wesen. Welch ein Erfolg! Aber immerhin schien er seine Rolle perfekt spielen zu können.

Er dachte an ein Gespräch mit einer guten Freundin, die Ihm aus diesem Anlaß auch von einer feministischen Arbeitsgruppe erzählt hatte. Wie gut konnte er die Anhänger einer guten, alten, britischen Tradition verstehen. Es ging doch wirklich nichts über einen richtigen Club, mit Butler und allem was so dazugehört. Wenigstens war ihm ein gewisses Maß an Ironie nicht abhanden gekommen.

Nachdem John die letzten Überreste seines Scotch beseitigt hatte trat er mit einem gewissen Hochgefühl aus dem Verrauchten, von Lärm erfüllten Lokal - was für eine Luft! Der klare Himmel, die Millionen von Sternen über seinem Kopf - ein Gefühl von Unendlichkeit durchflutete Johns Seele. „Endlich wieder mal ein amüsanter Abend“ dachte er – wenn er sich beeilte käme er wenigstens noch zum Nachtfilm zurecht.

drei

„Mal wieder“ dachte John McLaessig. Mal wieder war er hier gelandet, in dieser „Wunderbar“. Sämtliche Beisln, die er kannte, hatte er heimgesucht, überall fand er die gleiche öde Atmosphäre vor. Auch hier war nicht gerade die Über-Stimmung. Aber er war hier schon fast zuhause; deswegen landete er letztendlich doch immer wieder im gleichen Loch.

Eigentlich war John sauer: weil mal wieder nichts los war. Aber er wäre auch sauer gewesen wenn die Bar voller Leute gewesen wäre. Na ja, John ist offensichtlich tatsächlich ein schwer zufrieden zu stellender Typ.

John bestellte - nein, keinen unwiderruflich letzten Scotch - ein Tonic. Dieses Getränk paßte zu seiner Stimmung - bitter. Er mochte das Mädchen hinter der Theke. Aber er konnte einfach nicht anfangen mehr mit ihr zu reden als seine Bestellung.

John mußte innerlich grinsen; seine Nachbarn diskutierten gerade über Vor- und Nachteile des Philips-Ladyshave. Eine indiskrete Frage folgte der anderen. Aber was solls, dachte John, er hatte dieses Problem nicht. Außerdem bevorzugte er - wenn schon elektrisch - einen Braun bei weitem. Es ist halt alles eine Frage des Stils. Und den hatte John nun wirklich.

Überhaupt war John ein beneidenswerter Mann - bei dem IQ! Nach acht Tests hatte er endlich ein Ergebnis - und eigentlich war es sehr befriedigend. Unteres Ende war 115, seine Spitzenleistung lag bei 138. Aber irgendwie konnte John dem Ergebnis nicht so ganz trauen, irgendetwas konnte einfach nicht stimmen. Seit wann hat einer wie er, der am Abgrund der Debilität stand, ein derart hohes Intelligenzniveau?

Eigentlich wollte John dem Autor des Buches, aus welchem er die Tests entnommen hatte, einen aufklärenden Brief schreiben. Aber John ließ dieses Vorhaben doch besser bleiben; zum Briefe-Schreiben benötigt man Intelligenz. Und die konnte er ja - entgegen aller Ergebnisse - nicht haben. Punkt! Er wollte einfach dumm sein, basta! Wäre ja noch schöner, wenn er sich jetzt - auf seine alten Tage - noch umgewöhnen müßte. Tja, John war doch tatsächlich wieder mal in Hochform: Jetzt fühlte er sich gleich besser, endlich hatte er seinen Kopf entgegen aller Fakten durchgesetzt.

Beruhigt und befriedigt trank John sein Tonic aus, zahlte (bei dem Mädchen, das er so mochte!), und trat vor das Lokal. Diese Luft! John steckte sich eine Zigarette an und genoß den sich von der angenehm kühlen Nachtluft abhebenden Rauch. Welch ein wundervoller Abend. Heute würde er sicherlich wieder etwas angenehmes träumen - nichts.

vier

„Schon wieder“ dachte John McLaessig. Ja - richtig; er war schon wieder in der ‚Wunderbar‘ gelandet. Aber - heute fühlte sich John ganz anders als sonst. Heute durchströmte ihn ein geradezu exzessiv herb-maskulines Gefühl, mit anderen Worten; John war über-cool.

Mit lässiger Elegance hatte er die Bar betreten und ließ seinen stahlblauen Blick das Terrain erforschen. Endlich hatte er gefunden wonach er schon den ganzen heutigen Abend gesucht hatte - einen Stehplatz ganz für sich alleine. Wie in Zeitlupe ließ er seine Jacke mit einer unheimlich lockeren Bewegung aus dem Handgelenk heraus auf die außergewöhnlich tief montierte Reeling gleiten, lehnte sich mit dem Gesicht der Theke zugewandt mit männlich-nacktem Unterarm an dieselbe und bestieg mit bedächtiger Bewegung mit seinem rechten Bein die aus Messing gefertigte Fußstütze - eigenartig, Metall ist doch üblicherweise nicht so weich anzufühlen? Nun ja, er hatte sich schon über die ausgesprochen tiefe Montage der Kleiderablage gewundert. Nachdem John seine Jacke vom Straßenstaub einigermaßen befreit und der dafür vorgesehenen Stelle anvertraut hatte bestellte er. Wieder tasteten seine wachsamen Augen jeden der so vertrauten Zentimeter des Lokales ab; die Intensität seines Blickes mußte einfach wirken und jedes weibliche Herz in ekstatische Schwingungen versetzen. Nach dem 4 oder 5 Durchgang genehmigte John seinem stechenden Blick eine Pause und zündete sich eine seiner geliebten ‚Kim' an. Was nützt denn auch der tollste Blick wenn keine Adressaten vorhanden sind.

John verspürte einen Drang nach Flüssigkeitsaufnahme und nahm einen wohltuenden ersten Schluck dieses köstlichen Getränkes, welches das von einer Pollen-Allergie herrührende Brennen seines Halses aufs trefflichste zu lindern vermochte - Tee. Stark, grün, naturbelassen: so liebte John diesen unvergleichlichen Aufguß pflanzlichen Ursprunges, von welchem er - zwischen unterschiedlichen Sorten wählen könnend – jeden Tag wohl seine 1-2 Liter konsumierte. Dieser stille Genuß war seine wahre Leidenschaft; eine Leidenschaft, die sein im Moment einziges Vergnügen war, welches von Erfolg gekrönt wurde. Aber was solls, dachte

John, irgendwann würde sich auch für ihn eine Frau finden. Eine, die seinen Vorstellungen voll und ganz entsprechen würde - oder doch wenigstens teilweise - o.k., wenigstens ein bißchen. Johns Wesen ist nun mal von unendlichem Optimismus geprägt - wenigstens manchmal.

Die Musik versetzte John in eine melancholische Stimmung - Soul war wirklich eine tolle Erfindung. Nachdem Johns Blick neuerlich eine Runde gedreht hatte war wieder mal jener berühmte Zeitpunkt gekommen, welcher eindeutig und unwiderruflich den Beginn einer neuerlichen Tiefphase Johns einläutete. Frauen - John fühlte sich schon total verfolgt. Nein wirklich, dachte John, der soeben sein 100stes Lebensjahr hinter sich zu bringen schien. Aus, Schluß, raus aus dieser Laster-Höhle, ab nach Hause, ins Bett, die Decke über den Kopf, schlafen, träumen. John zahlte, trat vor das Lokal. Was für eine Luft! Also, eine Zigarette würde er sich noch genehmigen - heute.

fünf

Endlich! Endlich war es soweit: ER war wieder da - das Leben hatte ihn wieder! IHN - John McLaessig. Nach langer Emigration war er in die Heimat zurückgekehrt, in die ‚Wunderbar'. Nach langem Irrweg in der Fremde - er hatte sogar versucht im ‚Kaktus' Fuß zu fassen - hatte sei Schritt ihn so wie er war in vertraute Gefilde gelenkt: herb, hart, männlich, mit anderen Worten; über-cool.

John war glücklich - oder so ähnlich. Er fühlte das Leben in seinen Adern pulsieren, ihn mit schier unbändiger Abenteuerlust erfüllend. Sein Unternehmungsdrang schien seinen Kopf sprengen zu wollen - oder war es doch seine entzündete Stirnhöhle? ‚Was solls' dachte John, was sind diese lächerlichen Kopfschmerzen gegen dieses Wahnsinns-Gefühl, durchatmen zu können, die Welt in sich aufzusaugen, seinem Dahin-Vegetieren den Todesstoß versetzt und zurückgefunden zu haben - zum Einzigen, Wahren, Einen; zur Ödheit und Einsamkeit der ihm sattsam vertrauten ‚Wunderbar'-Besuche.

‚Also los' dachte John bei sich, drehte eine kurze Informationsrunde durch das Lokal - Mist, wieder keine Frauen, dabei war er heute doch so männlich - , steuerte einen der wenigen Tische an, ließ mit lässiger Elegance seinen aus den 50ern stammenden, schweren Ledermantel von den Schultern gleiten - seinen rechten Arm entlang der Sitzbank entgegen - , um schließlich mit geschmeidiger Bewegung die einladend wirkende Ruhefläche ihrer Bestimmung entsprechend zu nutzen.

Nachdem sich die Schmerzen seines Steißbeines etwas gelegt hatten bestellte John - nein, nicht den unwiderruflich letzten Scotch, auch nicht sein geliebtes Bitter Lemmon - nein, er bestellte Tee. Schwarz, stark, herb - so wie er selbst. Verwirrt eilte der Kellner zur Bar, Johns Wunsch zu entsprechen. Tja, sogar er mußte vor soviel maskulinem Charme, vor diesem Charisma, kapitulieren. Den unschönen Verdacht, daß diese Verwirrtheit möglicherweise eher daher rührte, daß dies sein erster Arbeitstag in der ‚Wunderbar' war schob John nonchalant beiseite. Welch ein Gedanke, wie könnte man an seiner unvergleichlichen Wirkung auch nur den geringsten Zweifel hegen! Resigniert nahm John einen Schluck schlabberiger Brühe zu sich, die der Kellner voll des Überschwanges vor ihm platziert hatte, gemeinsam mit einer zerlesenen - dafür aber nun gewaschenen - Zeitung.

Gerade als John die Tasse wieder absetzen wollte ereilte ihn das Schicksal, dem zu entgehen er inständig gehofft hatte; ein Pärchen setzte sich an seinen Tisch. John wußte, was nun folgen würde: die obligate Schmußerei bei den Beiden, der obligate Frust bei ihm. Ja, das Leben hatte ihn tatsächlich wieder!

Dafür entschädigte die Musik John für sein Unbehagen. „Emmerson, Lake and Palmer" schafften es mit ihrer erlesenen Interpretation John in dem Zustand tiefster Resignation und Sinnlosigkeit versinken zu lassen. Ja, endlich - endlich - war es - nach mehr als einem Jahr - wieder soweit: John war wieder da!

CASCHA

sechs

Yeah - es war wieder so weit: John was back! Wieder einmal hatte ihn sein Schritt - nein, nicht in die ‚Wunderbar' - ins ‚Luxor' gelenkt. Oder besser: sein Auto - was heißt Auto, nein; sein Ferrari: OK, sein ferrari-roter Datsun Sunny (daher ist John - wo immer er auch fährt - stets „on the sunny side of the street"). Dieses high-tech-automobile Baujahr 1979 begleitete seine Aktionen nunmehr schon seit mehr als einem Jahr: umso verständlicher, daß John sich Gedanken um seine Sicherheit machte. Oder besser: um die Sicherheit, die die Bank wohl von ihm verlangen würde, wenn er den Sprung in den automobilen Olymp wagen würde: in die Riege der Ästheten, der Fanatiker hoher cw-Werte, der Chrom-Fetischisten, kurzum; der Bewahrer des Stiles vergangener Epochen, der Oldtimer-Freaks. ‚Volvo 122 - Amazon' hieß die Zauberformel, die John in die Sphären der Glückseligkeit befördern, ihn - Parsifal gleich - zum Gralshüter des Ästhetizismus erheben sollte.

John war dem Wahnsinn nahe: wieder - wie schon vor vielen Jahren einmal - kreuzten sich seine Wege mit denen eines „Amazon". Und wieder sah John keine Möglichkeit, seinen alten Wunsch zu verwirklichen. Die Quantität der ihm zu Verfügung stehenden monetären Einheiten schien ihm aufgrund ihrer Beschaffenheit als von nicht ausreichender Fluidität, um aufgrund eines nach den Regeln des Bürgerlichen Rechtes gestalteten Paktes aus seiner in eines anderen Rechtssphäre überzugehen. Mit anderen Worten: John war pleite!

sieben; John und das MAK

John was back! Endlich – nach Jahren der Enthaltsamkeit, so schien es – war er wieder in „seiner" „Wunderbar" eingekehrt, nein, eingefallen.

Eigentlich wollte er ins MAK, das an diesem Tag – und an diesem Abend – seine Neueröffnung zelebrierte. John hatte auch – trotz inneren Widerstandes durch seine Unflexibilität und Dumpfheit – seinen Saab „Draken" 99 geentert und war zu dem Museum gedonnert. Er war ausgestiegen, lenkte seinen Schritt dem Eingang zu. Unmengen von Menschen fluteten an ihm vorbei; rudelweise, pärchenweise, manchmal sogar solo: Weiber!

Schon lange nicht hatte John so viele attraktive Frauen auf einmal gesehen. Er verfiel zunehmend in diesen eigenartigen Zustand, den er nur zu gut kannte; eine Mischung aus animalischer Wildheit und tiefster Resignation, welche dazu führte, daß er – in der „Wunderbar" landete.

Wenigstens war er hier in Sicherheit – keine attraktive Frau weit und breit. Und als wohlbekannte Melodien von „Free“ seine Hörorgane erregten befand sich John endgültig in der richtigen Stimmung, seiner Einsamkeit und seiner Depression.

Er hatte tatsächlich gehofft, im MAK seiner ehemaligen Liebe zu begegnen, wobei er nicht wußte, warum er sie heute gerne gesehen hätte. Andererseits lebte er ohnedies ständig in einer Welt aus Phantasie und Vergangenheit. Warum auch sollte er sich der Realität – oder wie er es bezeichnete „objektiven Realität“ – ausliefern, war diese doch grausam und über alle Maßen gefährlich. Und Frauen – und das Verlangen nach ihnen – war Realität!

John wäre verzweifelt gewesen stünde er nicht seit Monaten unter Psychopharmaka. So blieb ihm lediglich das dumpfe Gefühl gleichgültigen Versagens.

John lehrte sein Glas, zahlte, entschwand der vertrauten Atmosphäre der „Wunderbar“, wandelte durch die nächtlichen Gassen dieser Stadt, die ihn bedrückte und deren prinzipiellen Möglichkeiten ihn doch in seiner Diesseitigkeit hielten. Ein weiteres Kapitel seines Lebens-Buches war geschrieben worden.

acht; John McLaessig - A New Beginning

John was back! Nachdem er viele Jahrzehnte in der Versenkung verschwunden war erstand er wie Phönix aus der Asche, aus einem Kurs für kreatives Schreiben neu geboren. Und so war John – wie in seinen früheren Geschichten – wieder in der „Wunderbar“ gelandet, in jenem Beisl welches bereits damals auf der eher abgefuckten Seite gewesen war – was sich nicht unbedingt verbessert hatte!

Jedenfalls hatte John also wieder einmal in sein Lieblingslokal gefunden. Das letzte Mal, als er hier gewesen war, hatte er ein Konzert in der – gegenüberliegenden – „Alten Schmiede“ gegeben, zusammen mit einem Komponisten, welchen er bei einem Job-Coaching-Kurs für ältere Arbeitslose – also Leute über 50 – kennen gelernt hatte. Dieser hatte ein gemeinsames Konzert vorgeschlagen, wobei die Vorbereitungen nicht unbedingt friktionsfrei von Statten gingen: der gute Mann hatte recht eigenwillige Vorstellungen von einem Abend voll Moderner

– Elektroakustischer – Musik. So hatte er beispielsweise ein Streichquartett für die Aufführung seiner eigenen Werke engagiert, was bedauerlicher Weise die gesamten finanziellen Ressourcen, die von dem Veranstalter zu Verfügung gestellt wurden, aufgebraucht hatte. Nicht, daß John dieses Konzert wegen des Geldes mitgemacht hätte, aber auch er war nicht unbedingt mit allzu zahlreichen monetären Mitteln ausgestattet, sodaß ein zumindest Taschengeld ihm doch etwas über die Runden geholfen hätte – nun ja, dafür sollte der Abend seine Bekanntheit als Komponist elektroakustischer Werke unterstreichen bzw ausbauen.

Jedenfalls waren die teilnehmenden Musiker, sein Komponisten-Kollege und er nach der Aufführung recht unterschiedlicher Weisen in nämliche „Wunderbar“ eingekehrt, in welcher er sich mit dem Cellisten über die Schönheit dessen Instrumentes und die verschiedensten Arten, ihm unterschiedliche Töne zu entlocken, unterhielt – hatte er doch trotz seines fortgeschrittenen Alters vorgehabt, dieses wundervolle Werkzeug der Euterpe zu erlernen und in seinen künftigen musikalischen Ergüssen einzusetzen.

Die Erinnerung an jenen Abend künstlerischer Tätigkeiten brachte John in eine Stimmung aus Verzweiflung und Resignation, ein Potpourrie an Müdigkeit gegenüber der Grausamkeiten des Lebens und der Musen; John was back – indeed !!!

neun punkt eins;

John & Barbara

John McLaessig streift durch die einsamen nächtlichen Straßen zu seinem Auto. Eine Frau tritt an ihn heran, Typ Lauren Bacall. Sie bittet ihn, sie ein Stück mitzunehmen, da sie verfolgt werde.

Im Auto:
Sie: Sie fragen mich gar nicht, wer mich verfolgt?
Er: [schweigt]
Sie: Wollen Sie nicht wissen, warum?
Er: Warum? [gelangweilt-agressiv]
Sie: Ich weiß es nicht. Finden Sie es heraus. Hier ist meine Nummer, Sie können mich Tag und Nacht anrufen.

Sie steigt aus, nachdem sie ihre Visitkarte in seine Manteltasche gesteckt hatte und verschwindet im Dunkel der Nacht. John fährt weiter, er denkt: „So ein blödes Weib, warum sollte ich irgendetwas für sie tun ?!“

Als John vor seinem Haustor steht wird er von zwei Typen angegriffen und wortlos verprügelt. Mühsam schleppt sich John in seine Wohnung. Nachdem er die ärgsten Schrammen verarztet hat versucht er die Frau telephonisch zu erreichen, aber nur der Anrufbeantworter ist zu vernehmen. John legt – ohne etwas zu sagen – auf.

Er weiß, daß diese Schlägertypen und die Frau in irgend einer Verbindung miteinander stehen. Langsam beginnt John sich zu ärgern; was fällt diesem Weib eigentlich ein ihn in irgendetwas hineinzuziehen, das sein ruhiges, eintöniges, fades Leben stört! Noch dazu auf solch schmerzhafte Weise! Er mußte Klarheit in diese verworrene Geschichte kriegen – sie hatte es tatsächlich geschafft, ihn für sie zu interessieren.

Nachdem John einen doppelten Scotch gelehrt hat verlässt er seine Wohnung, steigt in seinen Saab 99 „Draken" und fährt in die „Wunderbar".

Während er die Bar betritt scheint ihm als wären aller Augen auf ihn gerichtet. Als er – nach einer Runde durch das kleine Lokal – den

Menschen, welchen er suchte, nicht findet, wendet er sich dem Tresen zu und besteigt mit der für ihn typischen Grazie mit seinem rechten Fuß die für diesen Zwecke vorhandene Reling. Ein kurzer Blickwechsel mit dem Barkeeper genügt diesem, um das zu Johns Stimmung passende Getränk aus einer Flasche in ein edles Glas über drei Würfel gefrorenen Wassers zu gießen und es so vor John zu platzieren, daß dieser lediglich die Hand schließen muß um den bernsteinfarbenen Inhalt seiner Bestimmung zu übergeben.

Wieder lässt John seinen stahlharten Blick durch die Bar gleiten. Überall sitzen Pärchen, intensiv miteinander beschäftigt. Die schwüle Atmosphäre bedrückt John und lässt ihn dem Barkeeper mit einer Handbewegung deuten, dieser solle einen weiteren doppelten Scotch bereitstellen.

Gerade als John das Glas anzusetzen beabsichtigt betritt eine atemberaubende Frau das Lokal – Johns Informantin. Mit aufreizenden, schlangengleichen Bewegungen bahnt sie sich den Weg zu ihm um mit unvergleichlicher Grazie und einem aufreizend keuschem Blick – den Kopf leicht gesenkt – neben John Aufstellung

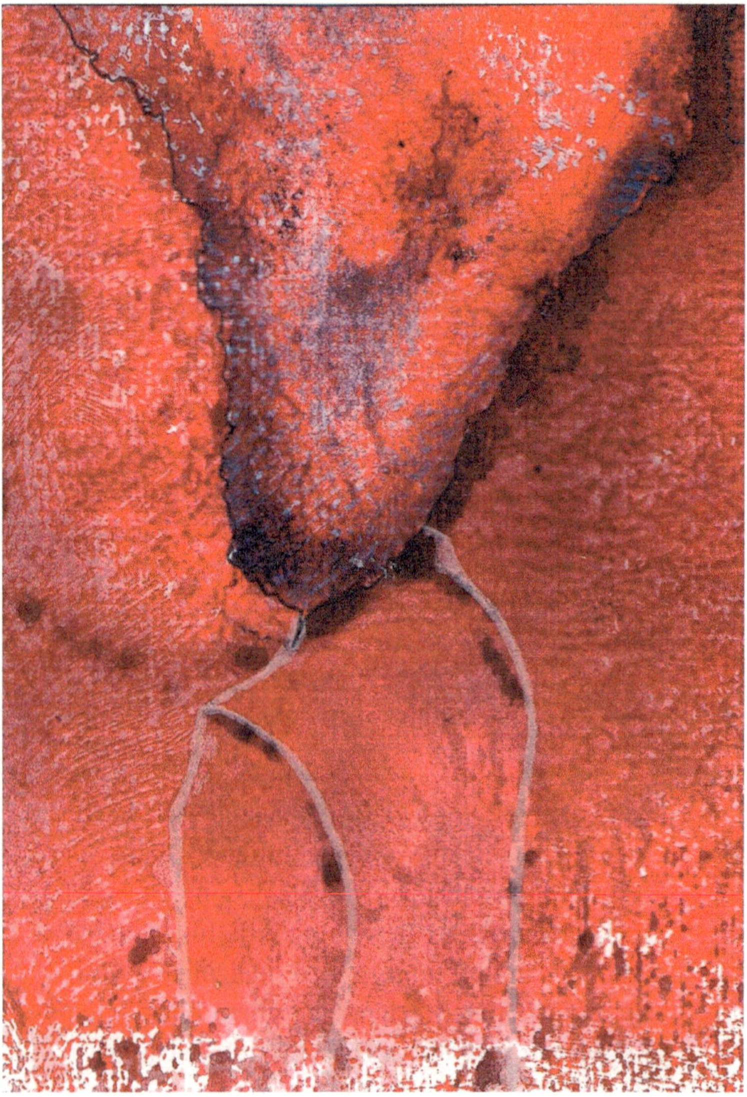

neun punkt zwei;

John & Barbara

zu nehmen.

Sie: Du willst mich?
Er: Ich brauche Informationen.
Sie: Nicht mich?
Er: Frau, Mitte Dreißig, 1,70 groß, schlank, helles Haar, wird von
zwei Schlägertypen verfolgt.
Sie: Barbara Rudnik?
Er: So toll auch wieder nicht.
Sie: Barbara Sputnik.
Er: Wo?
Sie: Dort! (zeigt zum Eingang)
Er: Warum?
Sie: Liebhaber!
Er: Wer?
Sie: Ich dachte, du?
Er: Mach Mücke.
Sie, schmachtend: Für dich mach' ich sogar Männchen!

Sie zieht ab, nicht ohne einen hasserfüllten Blick auf Barbara zu werfen.

Barbara hat John gesehen, geht jedoch nicht zu ihm sondern etwas abseits an eine Nebenbar. sein stahlharter Blick liegt unbeirrt auf ihrem ebenmäßigen Antlitz. Sie ist dadurch beunruhigt, weicht seinem Blick aus, fingert nervös nach einer Zigarette.

John nimmt mit der einen Hand seinen Scotch, die zweite ruht in der Manteltasche. Langsamen, aber festen Schrittes geht er auf Barbara zu, seine Stiefel scheinen bei jeder Berührung des Bodens Funken zu schlagen.

(Nahaufnahme Gesicht Barbaras, Zigarette im Mund, ihr Feuerzeug funktioniert nicht. Plötzlich eine Hand, ein brennendes Streichholz. Sie erschrickt. John steht neben Barbara, die sein Feuer nach dem ersten Schock annimmt.)

Nachdem Barbara Johns Feuer angenommen hat bläst sie – nach kurzem Zögern – die Flamme aus und blickt ihn herausfordernd an. Er blickt ebenso zurück. Dieses Spielchen dauert ziemlich lange, bis Barbara – in Johns Richtung, aber ohne ihn anzusehen – die Frage stellt: „To your place or mine?“ John hat während dieser Zeit unbemerkt ein Messer aus seiner Manteltasche gezogen und ersticht Barbara in dem Moment als sie „...mine?“ sagt. Sie sieht ihn mit einem Blick aus Überraschung und Entsetzen an, worauf er erwidert: „Ich schau dir in die Augen, Kleines!“ Sie sinkt mit einem Ausdruck des Glücks auf ihrem Gesicht in seine Arme.

Noch immer steht John an der Bar, Barbara nicht weit von ihm. Sie wirft ihm unauffällig-auffällig begehrende Blicke zu. Schließlich seufzt John, leert seinen doppelten Scotch und geht – ohne Barbara, die ein enttäuschtes Gesicht macht, zu beachten – aus dem Lokal.

Vor der Wunderbar holt John tief Luft, schlägt den Kragen seines Mantels hoch, blickt in die unendlichen Weiten des Weltalls und geht schließlich zu seinem Auto. Weiber!

The End

zehn punkt eins

This is the story of the glory

Es war ein stürmischer Tag!

Als John McLaessig – im Bette liegend und intensiv seiner Lieblingsbeschäftigung nachgehend; dem Nachsinnen – sich letztendlich dazu entschloß, diese seine Bettstatt zu verlassen um – entgegen seiner ursprünglichen Intention – sich doch dem alltäglichen Chaos der Welt zu stellen, erdachte er eine Geschichte, mit deren Hilfe es ihm möglich erschien, der Welt ins grausame Antlitz zu blicken ohne sogleich von wilden Zweifeln geschüttelt zu werden und sich – als eine deren Folgen – unverzüglich in die Sicherheit und Geborgenheit seiner sprichwörtlichen Federn zu begeben. Eine geradezu von Heroismus triefende Mär ward ihm in sein schlafestrunkenes Hirn gepflanzt erschienen wie weiland bla, bla, bla, ect. ect. ect.! (Wir wollen dem geneigten Leser nicht zumuten, auch noch diverse Analogien zwischen Johns Gehirnströmen und allfälligen - wenn auch zumeist älteren - Heldenmythen ziehen zu müssen, daher obige Ausdrucksweise uns als geeignet erschien, selbiges auf eindeutige Weise anzuzeigen, ist doch bereits überliefert, welch eigenartigen Effekt das Gewahrwerden Johns manchmal etwas eigenartiger Gedankenwelt hinsichtlich des mentalen Zustandes der Rezipienten selbiger gemeinhin auszuüben vermag!)

Und so ergab es sich, dass John an jenem Tage – welcher ein stürmischer ebensolcher war – auf hochgradig heldenhafte Weise sich von seiner kuscheligen Stätte der Ruhe und Entspannung erhob, um – in weiterer Folge und ohne sich dessen bewußt zu sein – nach vollbrachter Ankleidung seines Alabasterkörpers dem Wege seiner Natur zu folgen und auf fast magische Weis und Arte die – „Wunderbar" heimzusuchen.

Da saß er nun der arme Tor und war so klug als wie zuvor …

… denn auch wenn er dem unwirtlichen Draußen entronnen schien – war es doch winters in dieser Stadt zwar bei Weitem nicht so kalt wie zu derselben Zeit in – beispielsweise – Schweden, so doch ungemütlich genug für den durchschnittlichen Mitteleuropäer, von welchen John als eines der wenigen Prachtexemplare Weltgeltung zu erlangen vermochte – so hatten dennoch diverse Unbille in Johns Leben dafür Sorge getragen, ihm selbiges als mühselig und anstrengend erscheinen zu lassen und seiner Lebensfreude auf diese Weise einen gehörigen Dämpfer zu verpassen.

So war er seit Monaten schon auf einem Kontostand des Minus beharrend, eine Folge seines ausschweifenden Lebensstiles mit z.B. Laugenstangerln zum Mittagessen oder dem geradezu anstößigen Luxus von einem Liter Orangensaft pro Tag. Da John Angehöriger der – bevölkerungsweit gesehen – Minderheit der Pensionisten war – was er einem bedauerlicherweise unheilbaren Missgeschick seines Gehirnstoffwechsels verdankte (nämlich in Form der gegenderten Krankheit „Parkindottir") – war er offiziell von jeglicher Möglichkeit des Nebenerwerbes von monetären Einheiten ausgeschlossen, was angesichts der Tatsache, daß aufgrund der angespannten Wirtschaftslage niemand Geld für den Erwerb von künstlerischen Bildern in die Hand zu nehmen vermochte, ein ohnedies schwieriges Unterfangen gewesen wäre, zumal John aufgrund umzugsbe-

zehn punkt zwei

dingten - soll bedeuten Kisten- bzw. Schachteln-im Wege-stehenden - Platzmangels in seiner Wohnung noch immer kein Atelier hatte einrichten können.

So besehen war also Johns Anwesenheit in dieser „Wunderbar“ ein Luxus, den er sich eigentlich nicht leisten konnte. Aber was solls, er war John Mclaessig, der Protagonist unzähliger Heldengeschichten in jener – im Moment verschneiten und ergo eher kühlen – Stadt, welche – ohne ihm schmeicheln zu wollen – einfach auf seine Gegenwart angewiesen war. Oder könnte der geneigte Leser sich dieses Habitat etwa ohne seinen herausragenden – Parzival gleichen – Heroen auch nur existierend vorstellen?

John jedenfalls trank seinen Tee, welchen er beim Eintreffen bestellt hatte und selbigen in Form einer halbwarmen Brühe vor sich hingestellt bekam, aus, zahlte und ging zum Bus, welcher ihn irgendwann im Laufe des Abends wieder in die Nähe seiner Wohnung bringen würde, wo er sich – endlich – wieder in sein geliebtes Bette gleiten lassen konnte um der Tätigkeit zu frönen,welche ihm als die derzeit angenehmste erschien – dem Schlafen!

HANNAH MÜLLER

Hannah Müller, geboren in Villac /Kärnten, ausgebildete Werbegrafikerin.

Nach ihrem Studium der Elektroakustischen Musik an der Musikuniversitätt in Wien beschäftigt sich Hannah Müller mit Portrait-, Mode- und Atmosphärischer Photographie in SW-Technik.

Durch ihre Ausbildung zur Werbegrafikerin lernt sie die Möglichkeiten der Bild- und Layoutgestaltung auf Apple kennen und anwenden. Die technischen Möglichkeiten der Retusche und Manipulation mittels Computer lassen Hannah Müller in ihren künstlerischen Intentionen vermehrt den ursprünglichen und unmittelbaren Ausdruck von Hand gesetzter Farbe auf Papier oder Leinwand suchen.

Parallel dazu beschäftigt sich Hannah Müller auch mit Sprache in Form von meist kürzeren Geschichten. "John McLaessig" ist bereits ihre zweite Veröffentlichung.

Loved this book?
Why not write your own at story.one?

Let's go!